D

Melodía
de la naturaleza

SEGUNDA EDICIÓN

© Martha Sastrías
© EDITORIAL EVEREST, S. A., para la edición española
Carretera León-La Coruña, km. 5 - LEÓN
ISBN: 84-241-7969-2
Depósito Legal: LE. 942-2000
Printed in Spain - Impreso en España

EDITORIAL EVERGRÁFICAS, S. L.
Carretera León-La Coruña, km. 5
LEÓN (España)

Melodía de la naturaleza

LEYENDAS MEXICANAS

MARTHA SASTRÍAS

Ilustraciones de TANÉ Arte y Diseño

EDITORIAL EVEREST, S. A.

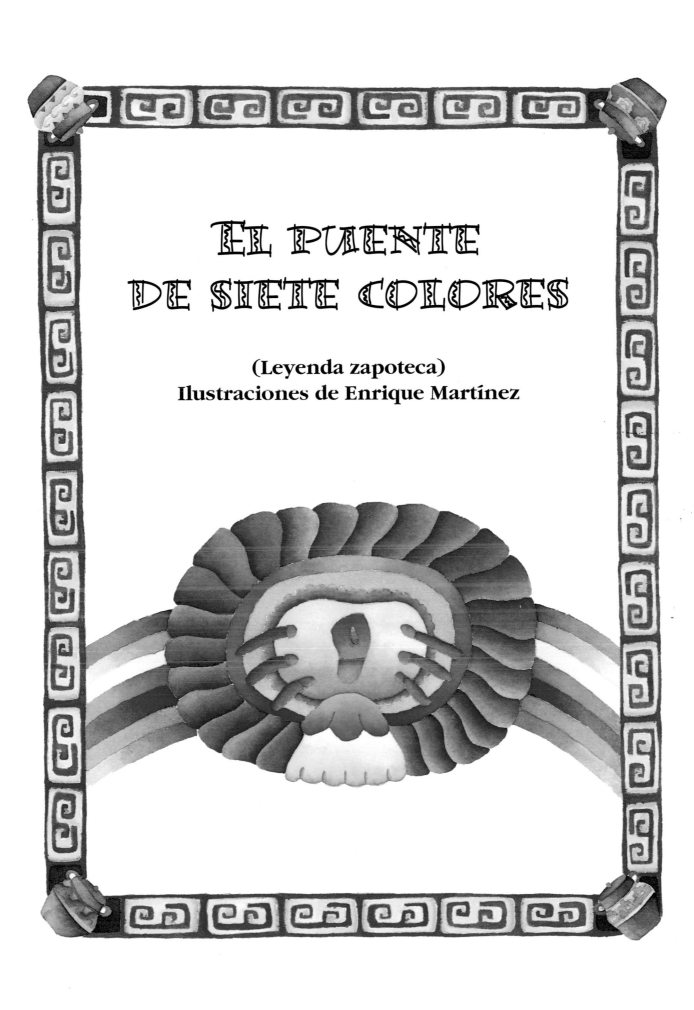

El puente de siete colores

(Leyenda zapoteca)
Ilustraciones de Enrique Martínez

Cuando todo era oscuridad, el Gran Señor de los Rayos reinaba en el Cielo. Este poderoso señor pasaba largo tiempo sentado en su trono contemplando las cuatro ollas de barro que descansaban a sus pies.

Cada una guardaba un secreto y era custodiada por los rayos menores. Los Chinteté, como se les conocía a estos jóvenes rayos, tenían forma de lagartija y no se despegaban de las tinajas en ningún momento. En una dormían las nubes, en otra se arrullaba el agua, en otra más reposaba el granizo y en la última se cobijaba el aire.

Por mucho tiempo sólo hubo oscuridad en el firmamento y el Gran Señor del Rayo no se movió de su trono. Las ollas permanecieron selladas y bien protegidas por los Chinteté. Pero sucedió que un día el Gran Señor se levantó de su sillón real y ordenó destapar la olla donde dormían las nubes. Al verse éstas libres, cubrieron el cielo. El rayo menor que había cuidado de ellas se les unió y juntos iniciaron un juego divertido. Los movimientos del Chinteté lanzaron relámpagos e iluminaron la noche.

Los hombres de la Tierra vieron asombrados la tormenta de rayos y el firmamento gris tapizado de nubes. Pero ni una sola gota de agua los humedeció.

Entonces pidieron al Gran Señor del Rayo que les mandara agua para calmar su sed.

El Chinteté, rayo menor, custodio de la segunda olla, la destapó obedeciendo las órdenes del Señor del Rayo. Las aguas se deslizaron a gran velocidad y no dejó de llover por varios días. El cielo se encendía con los rayos que el Chinteté producía al danzar junto al agua.

Los pueblos de la Tierra se asustaron al ver tanta agua y le rogaron al Señor del Rayo que la detuviera. Pero éste, divertido, no les concedió su deseo.

Al percatarse de que no serían escuchados, enviaron al Cielo una comisión de hombres y mujeres. Pero al llegar, en lugar de hacer su petición al Gran Señor, destaparon una de las ollas que quedaba pues no resistieron la curiosidad de saber qué había dentro de ella. Pequeñas gotas de agua hecha piedra empezaron a golpear la Tierra y los tres rayos menores no dejaban de lanzar truenos y relámpagos.

Los hombres, las bestias y los pájaros creyeron que el fin del mundo se acercaba. Como último recurso le pidieron al viento que disipara la tempestad.

El Gran Señor del Rayo no aceptó liberar el aire pues disfrutaba de la tormenta que caía con fuerza sobre el mundo. Pero el Chinteté que lo cuidaba se compadeció de los habitantes de la Tierra y dejó escapar el aire de la olla.

Un fuerte viento sopló y despejó el cielo que al instante se tornó azul, adornado por un enorme disco dorado.

El Gran Señor del Rayo al reconocer al Sol tembló de cólera. Ya no sería el único y poderoso dueño del reino celeste. Pero al ver que Gobicha, el Sol, llegaba a dar felicidad a los hombres le rindió honores.

Para demostrar su respeto, construyó un puente de siete colores que unió el Cielo y la Tierra. El Sol pudo entonces llegar más rápido y llenar de luz, calor y alegría a los pobladores del mundo.

Y así fue como nació el arco iris.

EL LUGAR
DE LAS RANAS

(Tradición oral mixteca)
Ilustraciones de Fabiola Graullera

En un lugar muy apartado en las tierras de Guerrero, existía una poza muy honda donde habitaban miles de ranas. A muchos kilómetros a la redonda se escuchaba el fuerte croar de estos animales. Pero sólo un hombre conocía el lugar al que iba una vez a la semana. Con un costal al hombro caminaba por varias horas hasta llegar a la gran poza. Cuando anochecía regresaba a su casa con el costal lleno de ranas. Al día siguiente cambiaba las ranas por costales de maíz con el que su esposa preparaba la comida de la familia. Por muchos años hizo lo mismo, hasta que en una ocasión, cuando estaba metiendo las ranas en el costal, una bella joven se le acercó.

—Ya no podrás atrapar más ranas —le dijo.

—¿Quién eres, de dónde vienes? Nadie más que yo conoce el camino a este lugar. ¿Acaso eres una hechicera? —preguntó el hombre que no podía creer que alguien hubiera seguido sus pasos.

—No soy una hechicera. Vivo por aquí —respondió la joven—. Estas ranas ahora me pertenecen. Así que no quiero que te las lleves.

El hombre le pidió que le permitiera llenar su saco pues sólo así obtendría el maíz para comer.

16

—Está bien —dijo la joven—, pero mañana traerás a tu hijo. Le dirás que debe esperarte sentado cerca de la poza y que regresarás por él a las nueve de la noche.

El hombre aceptó el trato y regresó a su casa.

Muy temprano a la mañana siguiente, el padre y el hijo tomaron el camino a la poza. Al llegar, el padre siguió la recomendación de la joven y pidió al muchacho que esperara ahí sentado hasta que él regresara.

El joven aguardó por largo rato. Cuando sintió hambre una mesa apareció frente a él, tenía una olla de atole caliente y pan. Después se sentó a esperar a su padre. Las horas pasaron y volvió a tener apetito. Miró frente a él y volvió a descubrir la mesa que ahora tenía una cazuela con mole y una olla de frijoles. El muchacho saboreó la comida. Cuando terminó, la mesa desapareció de nuevo. Siguió esperando, llegó la noche y su padre no llegaba, pero una cama apareció junto a él y, como estaba muy cansado, se acostó a dormir. Pero despertó al sentir que alguien se acercaba. Abrió los ojos y vio, junto a él, a una joven tan bonita que sin pensarlo, como si estuviera hechizado, le dijo:

—¿Quieres ser mi esposa?

La joven aceptó y, sin esperar más, al día siguiente se casaron.

Pasó mucho tiempo, y a pesar de que el joven era muy feliz con su esposa, extrañaba a su familia. Un día le pidió a la muchacha que lo acompañara a visitar a sus padres. Pero ella no quiso ir.

—Ve solo —le dijo.

Y así lo hizo, cuando llegó a la casa de sus padres lo recibieron con alegría pues lo creían perdido.

—¿Por qué no regresaste por mí al lugar de las ranas? —preguntó a su padre.

—Hijo, no sé qué sucedió. Nunca más encontré el camino a la poza.

—Pensamos que no volveríamos a verte —añadió su madre.

El muchacho les contó que se había casado con la bella joven y que era muy feliz.

Al oír eso su madre se espantó.

—¿Estás seguro que esa muchacha no es una bruja? —preguntó.

El muchacho le explicó que era una bella joven del lugar. La madre le pidió que hiciera la prueba para asegurarse de que su esposa no era una hechicera. Le dio un manojo de velas y le dijo que las encendiera cuando llegara a su casa.

—Fíjate en los pies de tu esposa. Si son de humano quédate con ella. Pero si tiene patas de guajolote vuelve a la casa enseguida, pues quiere decir que la joven es una bruja.

El mismo día que regresó a su hogar, el joven encendió las velas tan pronto oscureció. La muchacha se percató de que su esposo no dejaba de verle los pies, se enojó mucho y le pidió que se fuera con sus padres y que no regresara nunca más.

El muchacho se fue sin saber si su esposa era una hechicera pues no alcanzó a verle bien los pies a la luz de las velas.

No pasaron muchos días cuando empezó a extrañarla y, decidido, fue a buscarla. Pero no la encontró. Un sapo diminuto que andaba por ahí le dijo que el gigante se la había llevado a su castillo.

El joven siempre había oído que el castillo del gigante estaba muy lejos, así que empezó a caminar sin descansar ni de día ni de noche. Sin embargo un día no aguantó más el cansancio y se acostó a reposar bajo las ramas de un árbol. No pudo dormir porque oyó cerca a varios animales que peleaban. Se acercó.

—¿Qué pasa, por qué pelean? —les preguntó.

—Sólo tenemos este trozo de carne y no podemos comerlo pues no hay quien nos lo reparta —contestaron.

—El tigre y el león quieren un pedazo grande, el águila uno mediano y yo uno muy pequeño —agregó la hormiga.

—Lo cortaré y daré a cada quien el trozo que quiere —dijo el muchacho.

Así lo hizo y los animales quedaron muy contentos.

—Bien, seguiré mi camino —dijo el joven.

—Espera. Sabemos adónde vas. Te ayudaremos a llegar al castillo del gigante.

—Cuando necesites ayuda sólo di "Adiós, mi gavilán" y tu problema será solucionado —dijo el águila.

—Menciona nuestro nombre —dijeron el león y el tigre—, y estaremos prontos para auxiliarte.

—Yo te ayudaré a entrar al cuarto donde se encuentra tu esposa encerrada —agregó la hormiga.

—Gracias amigos. Espero no necesitaros —replicó el muchacho y continuó su camino.

Después de muchas horas de viaje no pudo más y dijo:

—Adiós, mi gavilán.

En ese mismo instante pudo volar como si fuera ave. Y así por el aire llegó al castillo del gigante.

Un guardia se encontraba parado frente a la puerta.

—Sé que el gigante tiene encerrada a mi esposa. Ahora mismo entraré por ella —le dijo.

—No podrás llegar muy lejos. El gigante es muy fuerte e impedirá que te acerques al cuarto de tu esposa —le contestó.

—Lucharé contra él y venceré —aseguró el joven.

Pronto la gente del pueblo se enteró de que el muchacho pelearía contra el gigante y se acercó al castillo.

El joven se introdujo en el castillo, pero se encontró con una puerta cerrada con siete llaves.

En ese momento la hormiga apareció y con su poder lo convirtió en hormiga y sin dificultad entraron al cuarto por debajo de la puerta. Su esposa estaba sentada en una silla.

Subió a su hombro y susurró:

—He venido a salvarte.

La joven volteó pero no vio a nadie, sólo sintió que una hormiga andaba por su cuello y de un manotazo la tiró al suelo. Al caer se volvió a convertir en hombre.

La esposa se puso feliz al verlo y lo abrazó. El muchacho y la muchacha convertidos en hormigas salieron del castillo. Al llegar afuera de nuevo se convirtieron en humanos. Lo primero que vieron fue al gigante que, furioso, los estaba esperando.

—¿Adónde crees que vas? Tu esposa no saldrá de aquí. Ahora mismo acabaré contigo —gritó el gigante.

El joven se puso frente a él.

—Muy bien, pelearemos y te venceré. Y con el pensamiento llamó a sus amigos del camino.

La lucha empezó, el muchacho brincaba con agilidad y esquivaba los golpes del gigante. Estiraba los brazos y se defendía. Todos veían pelear al joven. Pero en realidad los que peleaban eran el tigre, el león y el águila disfrazados del muchacho. El verdadero joven se encontraba viendo la pelea entre la multitud.

Después de una hora el gigante cayó vencido. Entonces, por el poder de sus amigos, el joven apareció junto al gigante.

—He ganado —exclamó.

La gente gritó de admiración. Nadie antes había doblegado al gigante.

Los esposos regresaron a su casa ayudados por los animales.

Al llegar, la muchacha tomó el manojo de velas que había causado su enojo y las echó a la poza.

Cuentan que el joven nunca supo si su esposa tenía patas de guajolote, pero que vivieron felices por siempre en el lugar de las ranas.

La olla y la jícara mágicas

(Leyenda de la tradición oral tzeltal)
Ilustraciones de Sara Palacios

Cierto día dos pequeños hermanos, niño y niña, se encontraban jugando; su mamá se acercó silenciosamente y en voz muy baja les dijo:

—Debo irme por unos días pues mi padre está enfermo. Aquí les dejo esta olla con frijoles y esta jícara con tortillas. Cuando se vacíen basta que las golpeen tres veces para que vuelvan a llenarse. Así no les faltará comida mientras yo esté ausente. Pero no digan a nadie el secreto —y la madre tomó sus cosas y se marchó.

Cada vez que tenían hambre, los niños golpeaban tres veces la olla y la jícara y de inmediato se llenaban de frijoles y tortillas calientes. Felices comían cuanto querían. El padre veía que los niños cada día estaban más gordos. Le intrigaba de dónde sacaban la comida que nunca faltaba en la olla y en la jícara.

—¿Cómo hacen para tener siempre algo que comer? —les preguntaba a menudo.

—Nada, no hacemos nada —respondían siempre.

Una mañana, el padre se enojó tanto porque sus hijos no querían confiarle el secreto de la comida, que hizo pedazos la olla y la jícara.

Los niños se soltaron llorando. Sabían que sin los cacharros ya no tendrían con qué alimentarse.

Transcurrió un día, y otro, y otro, y los niños empezaron a adelgazar. No encontraban ningún alimento. Desconsolados pasaban el tiempo llorando.

En una ocasión vieron volar un zopilote y lo llamaron.

—Nos estamos muriendo de hambre. Ayúdanos a conseguir comida —le rogaron.

—¿Por qué no tienen qué comer? —preguntó.

—Mi madre tuvo que ir a casa del abuelo a cuidarlo porque está enfermo, y la olla y la jícara mágicas se rompieron, por eso ya no tenemos alimento.

—Yo sé dónde está la casa del abuelo. Los llevaré hasta allá, pero antes deben hacer algo por mí —respondió el ave.

—Pide lo que quieras —gritaron los niños.

—También estoy hambriento y ya saben que los zopilotes comemos roedores, necesito que cacen algunos para alimentarme antes del viaje. Mañana volveré a esta misma hora —dijo y se perdió en el cielo.

Los niños prepararon varias trampas y atraparon más de doce ratones.

Al día siguiente cuando el zopilote bajó al patio lo esperaba un buen banquete.

—Suban a mis alas —dijo contento cuando acabó de comer.

El ave, con los niños sentados en sus alas, voló sobre inmensos campos sembrados de maíz, de frijol y de calabaza.

Después de un rato muy largo llegaron cerca de la casa del abuelo.

—Aquí los dejo, su madre se encuentra en el patio —dijo el zopilote, y partió.

La mamá al ver a sus hijos los abrazó, y alarmada preguntó por qué habían llegado hasta allí.

Los niños le contaron todo lo sucedido, el enojo del padre y cómo había destruido la olla y la jícara mágicas, y el viaje con el zopilote.

—Entiendo lo que pasó, pero no podrán quedarse aquí —replicó su mamá con tristeza—. Les daré estas mazorcas mágicas. Jamás les faltará comida mientras yo no esté en casa. Llévenselas, pero cuando se vayan de aquí no volteen a ver esta casa, pues el hechizo se romperá.

Los niños tomaron las mazorcas y salieron. Cuando ya se encontraban lejos el más pequeño se olvidó de la promesa y volteó. En ese instante las mazorcas desaparecieron. Los chicos, desesperados, sin saber qué hacer, se internaron en el bosque e intentaron conseguir comida ahí.

Se treparon a un árbol a cortar fruta. De pronto, uno de sus brazos se convirtió en una pequeña pata, después el otro en otra pata. Luego su cuerpo se cubrió de pelo suave.

Y así, convertidos en ardillas, felices pudieron comer por siempre semillas y todo lo que les apetecía.

Dicen que desde entonces las ardillas abundan en Tenajapa, Chiapas.

La melodía de la naturaleza

(Leyenda maya)
Ilustraciones de Diana Tiznado

Hace mucho tiempo, allá en el firmamento, alfombrado de estrellas y de cometas, tuvo lugar una gran boda. Itzamná, Señor de los Cielos, de la Noche y del Día se unió a Ixchel, la Diosa Luna. Desde entonces han compartido su vida y siempre han observado la Tierra amorosamente.

Poco tiempo después de la fiestas matrimoniales, Ixchel e Itzamná empezaron a entristecerse al ver que los hombres y mujeres del mundo no eran felices. No comprendían por qué los pobladores de la Tierra no habían descubierto los dones y la hermosura de la naturaleza que hacen felices a todos los seres vivientes. Así que prometieron ayudarles a descubrir la alegría de vivir.

Itzamná ordenó a su ayudante favorito, llamado Ah Kin Xooc, que bajara a la Tierra y mostrara a sus pobladores el esplendor de la naturaleza.

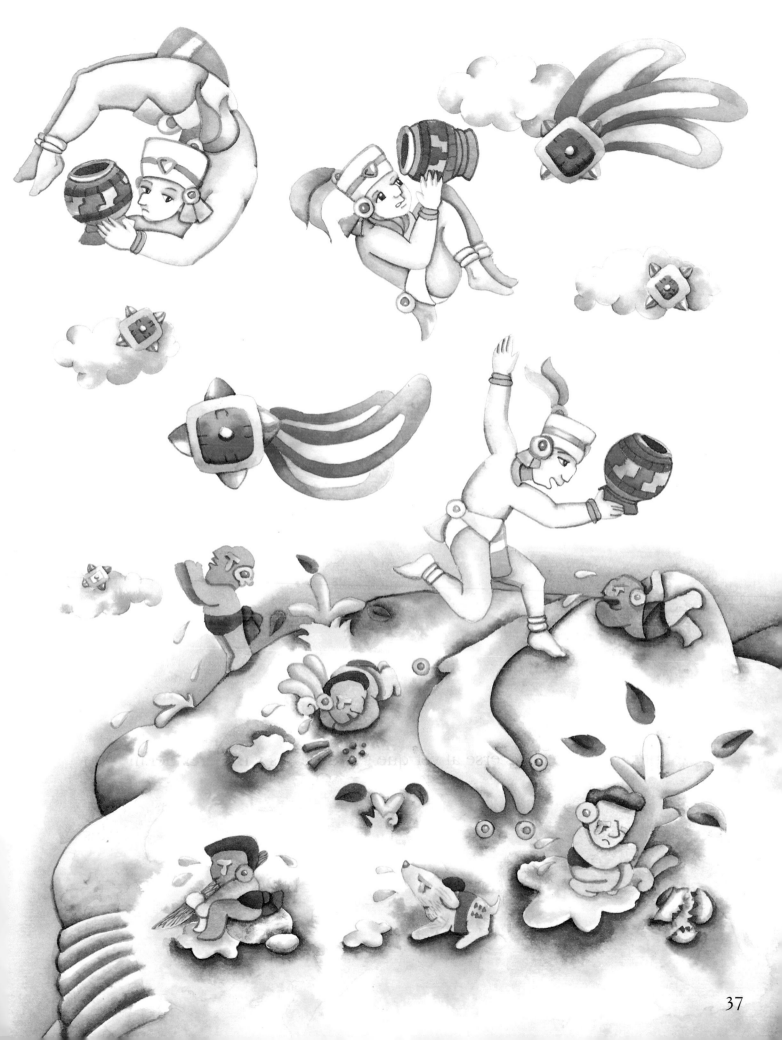

Ah Kin Xooc descendió al mundo de los seres vivos. Se sentó en lo alto de una montaña y desde ahí empezó a trabajar. Extendió las manos y llamó a Kukulcán, Dios del Viento.

—Señor del Viento, toca las aguas de los ríos, abraza su murmullo y no lo dejes escapar nunca —pidió; y el viento rozó las aguas que corrían entre las piedras y envolvió con sus brazos su sonido.

Después Ah Kin Xooc, con voz fuerte, nombró al Señor del Maíz.

—Guarda el canto de las hojas del maíz al moverse con la brisa —le mandó; y la música de las hojas de maíz quedó atrapada en una gran vasija.

Luego habló con Chaac.

—Desbarata las nubes que navegan por el cielo. Deja caer su lluvia sobre la tierra y recoge con cuidado su melodía.

Ah Kin Xooc sintió en su cuerpo las gotas de agua fresca. Su murmullo fue deslizándose por el monte hasta llegar a la gran vasija.

Esa noche, alumbrado por la luz de Ixchel, Ah Kin Xooc atrapó todos los ruidos de la oscuridad. Después, cuando el alba empezó a despuntar, con un silbido convocó a Wayom Chichichch, Señor de la Aves.

—Tráeme los trinos de todos los pájaros que vuelan sobre esta tierra —ordenó.

De inmediato se oyó el aleteo del colibrí, del petirrojo, del ruiseñor, del pájaro carpintero, de loros y guacamayas que llegaron trinando alegremente. El Señor de los Pájaros encerró el coro de trinos y se lo entregó a Ah Kin Xooc.

Entonces el enviado de Itzamná e Ixchel tomó la gran vasija con todos los sonidos, y de pie, con la vista hacia el firmamento, la agitó y los mezcló.

Con la gran vasija entre las manos Ah Kin Xooc caminó por todos los rincones de la Tierra. A su paso fue dejando caer lentamente los sonidos de la naturaleza.

Así llegaron a oídos de los hombres y de las mujeres el leve murmullo de las flores al mecerse, el estrépito de las cascadas al caer, el vaivén de las olas del mar, el golpe de la lluvia sobre las rocas, el canto del gallo al amanecer: la melodía de la vida.

Al término del viaje, Ah Kin Xooc se sentó en la cima de la montaña más alta del mundo y empezó a cantar. Al oír el sonido de su voz se estremeció, y pensó enseñar a los hombres y mujeres de esta tierra a entonar música con su propia voz.

Así lo hizo, y los pobladores del mundo aprendieron a cantar.

La humanidad conoció la felicidad al escuchar los murmullos melodiosos de la naturaleza y el canto que surgía de su garganta y de los instrumentos que hicieron para acompañar su canto.

Itzamná e Ixchel, que habían observado en todo momento el trabajo de Ah Kin Xooc, se unieron a la alegría del mundo y lo nombraron gran músico y cantor.

Se dice que fue así cómo la música y el canto nacieron en la Tierra.

La perra negra

(Leyenda huichola)
Ilustraciones de Luis San Vicente

En tiempos muy antiguos, los hombres y mujeres de la tierra Hui-chola vivían tristes y desolados porque la lluvia dejó de caer y no volvió más. Las plantas, los árboles y la maleza se pusieron amarillos primero y después murieron.

Sólo un joven llamado Achoque estaba tranquilo. Pacientemente esperaba el regreso de la lluvia.

Una tarde, cuando observaba la tierra agrietada y seca, sintió mucho calor. El sol ya había desaparecido, así que extrañado buscó la causa de que su cuerpo ardiera como una hoguera. No tuvo que buscar mucho, detrás de él se erguía el Gran Señor del Fuego.

—Tengo un mensaje para ti que has sabido tener paciencia, pronto lloverá y el pueblo dejará de sufrir. Duerman tranquilos —dijo.

Achoque pregonó el mensaje por todas partes, pero nadie prestó atención a su palabra. Confiado en la noticia del Señor del Fuego empezó a preparar la siembra. En un solo día cortó los árboles que aún quedaban en su pedazo de tierra. Durmió confiado, con la seguridad de que esa misma noche llovería. Pero al día siguiente la tierra seca y los árboles se encontraban en su lugar, como si no los hubiese cortado.

Achoque no entendió lo sucedido, pero sin desanimarse volvió a tirar los árboles y a preparar la tierra. Se acostó con la tranquilidad de que la lluvia no tardaría en caer. Pero al levantarse vio que los árboles de nuevo estaban rectos viendo el firmamento.

"Volveré a cortarlos y esta noche no dormiré. Debo saber qué está pasando", pensó.

Cuando terminó de talar, se escondió tras unas piedras y no quitó la mirada de los árboles caídos. De pronto, de la tierra salió una viejecita con una vara en la mano. La anciana agitó la vara como si fuera un mago, e hizo que los árboles se levantaran y quedaran en su sitio.

Achoque no podía creer lo que estaba viendo. ¿Quién sería esa mujer que se atrevía a desbaratar su trabajo? ¿No sabría que debía tener la tierra lista para cuando lloviera?

La anciana al ver a Achoque se acercó.

—Soy la Diosa de la Tierra —dijo—. El Señor del Fuego prometió la lluvia pero no te dijo que el agua no cesará de caer por un tiempo muy largo. He venido a pedirte que te prepares. Construye una caja grande de madera en donde tú y la perra negra puedan protegerse de la tormenta. Toma estas semillas de colores y no te separes de ellas. Cuando caigan las primeras gotas de agua entren a la caja.

Al terminar de hablar la Diosa de la Tierra desapareció.

Achoque taló un árbol y con la madera construyó una caja amplia donde cabían él y su perra negra.

A los dos días de haber terminado su trabajo un viento muy fuerte acarreó las primeras gotas de lluvia. Achoque tomó los granos y a la perra y se metió en la caja. En ese momento la anciana apareció, tapó el cajón y lo selló muy bien. Entonces se sentó sobre él y esperó que la lluvia fuera más intensa. Un loro sobre un hombro y una guacamaya sobre el otro la acompañaban.

Y así empezó un gran diluvio.

Por muchos años llovió sobre la tierra huichola. Inundó todos los campos, y las montañas quedaron bajo las aguas. Solamente la caja de Achoque flotaba en medio de la inmensa laguna que la lluvia formó.

Durante todo este tiempo, Achoque y la perra cayeron en un profundo sueño.

Cuando dejó de llover y se empezaron a distinguir los picos de las montañas, la caja de Achoque se detuvo. El muchacho despertó y abrió la tapa. Al ver la tierra cubierta de agua se espantó y volvió a meterse en la caja. Pero la anciana apareció seguida de miles de loros y guacamayas.

—No te asustes —le dijo—. Las aves abrirán caminos y barrancas por donde correrá el agua.

Entonces los loros y las guacamayas empezaron con sus picos a trazar veredas, precipicios y barrancas. El agua se desbocó por todos los lados y la tierra quedó como antes había sido. Los colores del arco iris surgían de las plantas, de las flores, de los árboles, de los ríos y lagos, de los animales y de las aves.

—Ahora busca un lugar donde vivir y siembra los granos que te entregué —dijo la anciana Diosa de la Tierra, y desapareció.

Achoque, seguido por la perra negra y con las semillas en un morral, caminó en busca del sitio que sería su hogar, pronto encontró una cueva donde vivir. Al día siguiente sin perder tiempo preparó la tierra y sembró los granos de colores. En poco tiempo brotaron unas pequeñas plantas que crecieron altas y robustas.

En una ocasión, Achoque encontró fuera de la cueva una jícara con unos panes muy delgados, calientes y olorosos. Comió uno. Jamás había probado un manjar tan exquisito. Comió otro y otro, hasta terminarlos todos. Satisfecho pero intrigado habló con la perra negra.

—¿Has visto quién trajo este delicioso manjar?

La perra meneó la cola y se echó junto a él.

"Debe haber sido la anciana", pensó Achoque.

Desde entonces, cada vez que regresaba de trabajar encontraba la jícara llena de sabrosos panes redondos y aplanados.

Un día decidió no ir al campo y quedarse a espiar la cueva para ver si, en verdad, era la anciana Diosa de la Tierra la que traía la jícara.

Se escondió tras unas ramas y vio a la perra echada junto a la cueva.

De pronto el animal se levantó, estiró las patas delanteras, se quitó la piel negra y la colgó en una rama. En ese momento se convirtió en una hermosa joven vestida con falda y blusa bordadas de colores brillantes. Entonces la muchacha juntó algunas ramas y les prendió fuego.

Luego puso una olla con un líquido amarillo a hervir.

El joven, por la sorpresa no podía moverse. No sabía qué hacer. Pero, sin pensar, como hechizado, corrió, descolgó la piel de la perra y la echó al fuego. Luego tomó a la muchacha por los brazos y le lavó la cara y el pelo con el líquido amarillo.

—El hechizo se ha roto —dijo la joven sonriendo—. Desde hoy seré tu esposa. Soy Jápani. La Diosa de la Tierra me nombró tu compañera.

Sólo tenías que lavarme con el agua amarilla llamada nixtamal y quemar la piel para conservar mi forma humana.

Achoque estaba mudo, ninguna palabra salía de su boca. La joven le explicó que cuando él salía a trabajar, ella, convertida en mujer, preparaba las tortillas, así llamaba a los panes que había en la jícara.

Entonces se volvía a transformar en perra y se echaba cerca de la cueva a esperarlo.

También le dijo que las tortillas las hacía con el maíz de las mazorcas que crecían en las plantas que había sembrado. El joven comprendió todo y abrazó a la muchacha.

Dice la leyenda que Achoque y Jápani se casaron y tuvieron muchos hijos y poblaron las tierras huicholas.

Characu

(Leyenda purépecha)
Ilustraciones de Julieta Gutiérrez

Todas las noches, Chara-cu, el niño que iba a ser rey, acompañaba a pescar al guar-uri, jefe de pescadores.

Cuando el sol, Tatá Uria-ta, se ocultaba, los pescado-res echaban las barcas al agua y se internaban en el lago.

Alumbrados con lámpa-ras de cocuyo tiraban las re-des y al poco tiempo las re-cogían llenas de pescado blanco.

Una noche que la luna, Naná Kutzí, brilló más que nunca y el lago se veía claro como el cristal, Characu no resistió el deseo de zambu-llirse y saltó al agua. En el fondo los peces blancos ju-gaban y nadaban juntos. El niño se unió a ellos y por un rato nadó entre ellos.

Cuando más divertido estaba, sintió que la red le golpeaba la espalda. Nadó deprisa y se alejó. Pero mu-chos de sus amigos peces quedaron atorados en la red.

—Huyan, no se dejen atrapar —gritó.

Los peces le escucharon y pronto escaparon de los hilos de la red.

Characu estaba tan contento de haber salvado a sus amigos que no se dio cuenta que estaba muy lejos de la barca.

Naná Kutzí ya no brillba. En un instante las nubes cubrieron el firmamento, y Nube Gris ordenó a sus aguas caer con fuerza sobre el lago.

El niño, al ver que la tormenta no tardaría en desatarse, trató de llegar a la canoa pero no pudo. La noche se volvió muy oscura, apenas distinguía sus brazos y manos. Entonces decidió esperar a que el guar-uri viniera a rescatarlo.

El jefe de pescadores, al ver que el Characu no regresaba, ordenó a todas las embarcaciones que fueran en su búsqueda. Pero la tormenta se tornó cada vez más fuerte y tuvieron que regresar a la orilla, pues las barcas corrían peligro de hundirse.

—El Characu está perdido en el lago. El niño que será rey, ha desaparecido —decían con tristeza.

Mientras tanto Characu nadaba para un lado y para otro tratando de encontrar la canoa. Estaba asustado, cansado y tenía mucho sueño. Pero por más esfuerzos que hizo por no cerrar los ojos, se quedó dormido.

Las nubes empezaron a desaparecer lentamente y Naná Kutzí iluminó de nuevo el gran lago de Patzcuaro. El guar-uri, sin perder tiempo, echó su barca al agua y salió en busca de Characu. Por un rato largo el jefe de pescadores remó sin encontrar nada. De pronto, a lo lejos distinguió un resplandor, y vio al niño flotando.

El guar-uri remó hacia donde estaba el Characu. Una luz blanca lo deslumbró. Pensó que la luna Naná Kutzí estaba brillando más que nunca, volteó la vista al cielo y vio que Naná Kutzí no estaba, se había escondido entre las nubes.

El guar-uri se asustó, no entendía de dónde venía el resplandor.

Al acercarse al Characu, el pescador sonrió aliviado. El niño dormía plácidamente sobre miles de peces blancos que no se movían para no despertarlo. Con cuidado, el guar-uri subió al niño a la barca y se dirigió a la orilla. Al llegar lo levantó en sus brazos para que todos lo vieran.

—Aquí está el niño que será rey. Los peces de nuestro lago lo han salvado.

Los pescadores danzaron de felicidad y Characu los saludó alegremente.

Y dicen que Characu reinó en el mundo de los peces y los lagos por siempre.

GLOSARIO

Atole: bebida parecida a las gachas, hecha a base de harina de maíz disuelta en agua y cocida

Cocuyo: insecto parecido a la luciérnaga, que en la oscuridad desprende luz

Frijoles: uno de los alimentos más populares de México. Son parecidos a las judías secas

Guacamaya: ave parecida al loro, de mayor tamaño que éste, y de plumaje rojo, azul y amarillo

Guajolote: pavo

Jícara: vasija de forma hemiesférica de boca grande

Nixtamal: maíz con el cual se hacen las tortillas, cocido de forma conveniente en agua de cal o de ceniza para hacerle soltar el ollejo

Mole: salsa hecha con chile y ajonjolí especial para acompañar carnes

Voltear: volver en sentido contrario

Zopilote: buitre

ÍNDICE